Histórias
Que Eu Li

E Gosto
de Contar

callis

Daniel Munduruku

Ilustrações de Rosinha

À Gabriela, minha filha, que também gosta muito de ler.

© 2011 do texto por Daniel Munduruku
© 2011 das ilustrações por Rosinha
Todos os direitos reservados
Callis Editora Ltda.

Texto adequado às regras do novo Acordo Ortográfico da Língua Portuguesa

1ª edição, 2011
2ª reimpressão, 2023

Coordenação editorial: Miriam Gabbai
Revisão: Ricardo N. Barreiros
Projeto gráfico: Nelson de Oliveira
Diagramação: Idenize Alves

CIP-BRASIL. CATALOGAÇÃO NA FONTE
SINDICATO NACIONAL DOS EDITORES DE LIVROS, RJ

M928h
Munduruku, Daniel, 1964-
     Histórias que eu li e gosto de contar / Daniel Munduruku ; ilustrações de Rosinha. - 1.ed. - São Paulo : Callis Ed., 2011.
         il.
     ISBN 978-85-7416-419-9

     1. Índios da América do Sul - Brasil - Literatura infantojuvenil. I. Rosinha, 1963- II. Título.
09-5901.   CDD: 980.41
                                   CDU: 94(=87)(81)

12.11.09   19.11.09   016289

ISBN 978-85-7416-419-9

Impresso no Brasil

2023
Callis Editora Ltda.
R. Oscar Freire, 379 - 6º andar • 01426-001 • São Paulo • SP
Tel.: (11) 3068-5600 • Fax: (11) 3088-3133
www.callis.com.br • vendas@callis.com.br

SUMÁRIO

Umas palavrinhas soltas 7

E Deus viu que tudo estava bom... 11

O sábio, o homem rico e o espelho 21

Duas pequenas histórias de internet 35

A grande onça branca 43

Duas histórias de verdade 55

O autor 62

A ilustradora 63

Umas Palavrinhas Soltas

Desde meus tempos de garoto, sempre li muitas e muitas histórias. Estudei em um colégio interno com uma boa biblioteca onde eu podia escolher entre inúmeros textos, de diferentes gêneros e autores. Foi nessa época que comecei minha vida de leituras: li romances, li gibis, li contos, li aventuras, li livros comprados em bancas de revista. Eu era o que se podia chamar de "rato de biblioteca". Li por gosto, por prazer e li também só pra passar o tempo. O tempo realmente passou e meu gosto pela leitura foi aumentando.

Mais tarde, já adolescente, surgiu um interesse em conhecer melhor a trajetória de pessoas que viveram em defesa dos outros; sempre gostei de biografias, de histórias que contam a vida das pessoas. Quis aproveitar para ler a dessas pessoas que sempre se dedicaram aos outros. E foi aproveitando esse gosto que conheci, por exemplo, a história de alguns

santos da Igreja e de grandes nomes como Gandhi, Buda, Madre Teresa de Calcutá, Martin Luther King... Li a *Bíblia* todinha e passei a entender melhor a crença das pessoas e as escolhas que fazem de acordo com o que acreditam.

Um pouco mais tarde, passei a ler filosofia. Livros sobre pensamentos, reflexões e explicações de como a humanidade criou sociedades tão complexas. E eu não quis saber só sobre os pensamentos ocidentais. Li também filosofia oriental e foi aí que consegui uma maior aproximação, uma comparação mais plausível com o saber tradicional dos povos indígenas. Talvez por isso — ou melhor, com certeza por isso — eu consigo, hoje, compreender o mundo de maneira mais tolerante e olhar para os povos tradicionais acreditando que eles têm um jeito muito próprio de encarar o mundo, um jeito diferente de todos os outros. E é isso que trago neste livro: diferentes relatos e formas de ver a vida.

A primeira história que eu resolvi recontar é a criação do mundo segundo a Gênesis, o primeiro livro da *Bíblia*. Essa é uma história que se espalhou pelo mundo inteiro, especialmente do lado ocidental.

Numa outra história, relato fatos mesclados à sabedoria existente no mundo oriental.

Depois reescrevo duas histórias que li na internet. Quando chegaram a mim, eu as achei delicadas e representativas de um pensar ancestral — inclusive próximas a uma ancestralidade indígena. E, ainda, por fim, conto mais três histórias: uma eu li nos livros de Orlando Villas Bôas, um brasileiro que conviveu por muitos anos com indígenas brasileiros e narrou sua experiência para as pessoas das cidades; outra, baseada numa espécie de comédia do século XVI; e a última, um diálogo entre um índio tupinambá e um missionário francês.

Todos os conhecimentos que acumulei com essas e outras leituras me ajudaram muito a crescer como pessoa e me fizeram acreditar na possibilidade de uma transformação da humanidade.

Vale lembrar que todas as histórias aqui são recontadas por mim. Não são os textos originais, mas suas essências costuradas à minha forma de contar.

Espero que façam uma boa leitura e curtam comigo mais uma viagem pelo mundo da fantasia.

Com meu abraço,

Daniel Munduruku

1

E DEUS VIU QUE TUDO ESTAVA BOM...

Esta história eu li muitas vezes. É uma história contada há milhares de anos, principalmente por povos ocidentais. Tornou-se tão importante que se perpetua ao longo dos tempos e a cada nova geração. É a história da criação do mundo segundo a visão dos povos hebreus.

E é assim que eu gosto de contá-la:

No princípio de tudo, nada havia. A Terra não tinha forma alguma. Tudo o que havia era o espírito de Deus pairando sobre a escuridão das águas.

Um dia, Deus se sentiu um pouco enfadado de ficar sem fazer nada e disse:

— Faça-se a luz!

Como num passe de mágica e ao som dessas palavras, a luz apareceu. Chegou radiante e tudo ficou claro. Deus ficou muito contente quando viu que a luz era boa e resolveu separá-la da escuridão. À luz, chamou dia, e à escuridão, noite. E assim foram criados os dias e as noites. Esse foi o começo.

Deus, no entanto, não ficou satisfeito. Usou o timbre mágico de sua voz e disse:

— Faça-se um firmamento entre as águas.

Separou-se o firmamento. As águas foram separadas do firmamento, que está por cima. Esse firmamento superior, o Divino chamou céus. Assim ficou sendo. E Sua criação foi ficando cada vez melhor.

Naquele segundo dia, amanheceu, entardeceu e anoiteceu. Deus acompanhou cada um desses processos e ficou muito contente. Mas não satisfeito. Resolveu, então, criar a terra, o elemento sólido. Disse:

— Que as águas que estão debaixo dos céus se ajuntem e que, ainda, por entre elas, espaços áridos apareçam!

Na mesma hora, ao ajuntamento das águas, chamou mar, e ao espaço seco, chamou terra. E sabe o que aconteceu? Deus olhou para tudo o que havia criado, deu um sorriso bem largo, um sorriso sábio, um sorriso de pajé, e viu que tudo aquilo era muito bonito, que estava tudo muito bom.

Depois de ter visto a Terra, que havia criado, Deus pensou que, do jeito que estava, ainda carecia de algo. Pensou por um instante e disse:

— Puxa vida, acho que é preciso colocar algo sobre a terra. Já sei: produza a terra muitas plantas, ervas e árvores frutíferas e que todas possam se reproduzir de alguma forma.

E não é que, de repente, essas coisas apareceram sobre a terra? Imediatamente surgiram árvores que traziam dentro de si sementes para novas árvores e as espécies foram se reproduzindo, concretizando as palavras divinas.

Deus olhou orgulhosamente o que havia criado. Viu que tudo estava bom.

E assim foi o terceiro dia do processo.

Embora estivesse achando uma maravilha tudo o que criava, Deus ainda não estava de todo satisfeito. É que Ele é perfeccionista e sabia que era preciso dar um toque no quadro que vinha pintando. Então disse:

— Façam-se luzeiros no firmamento dos céus para diferenciar o dia da noite; que sirvam de sinais e que marquem o tempo, os dias e os anos; que resplandeçam e iluminem a Terra!

E assim aconteceu. Antes, porém, Deus tomou certo cuidado. Cuidou pessoalmente desses itens. Fez um grande luzeiro para presidir o dia e fez um menor para presidir a noite. Para compensar a menor iluminação noturna, acrescentou pequenos luzeiros que surgiriam quando a Lua — o luzeiro menor — tirasse folga. Aos pequeninos, chamou estrelas, e ao grande luzeiro, Sol.

Pronto! Estava completo o quadro de Deus! Tudo estava ficando bem legal. Lá do alto de Sua sabedoria, Ele contemplava Sua criação e ficava extasiado com sua beleza. A realidade tomava forma; já tinha colocado ordem onde só havia bagunça; separado terra de mar; noite de dia. O que mais faltava?

Pensando nisso, Deus encerrou aquele quarto dia vendo que, até ali, tudo estava bom.

Porém, bem se sabe que quem muito pensa não fica quieto. Assim acontece com a gente e assim aconteceu com Deus. Ele também não ficou quieto. De tanto pensar, viu que ainda faltava algo em Sua obra. O que poderia ser? Aí, disse:

— Acho que já sei. Tudo está bem legal, bem bonito. Mas para quem Eu criei todo este lugar paradisíaco? Quem irá dele usufruir? É isso. Vou colocar seres dentro das águas para que vejam a maravilha da criação. E também seres que voem sobre as águas e sobre a terra e levem mensagem de um lugar a outro. Serão muitos, milhares, que gozarão da alegria de viver num paraíso. Vou fazer com que eles se espalhem por toda a Terra e se multipliquem, dando uma cor toda especial ao quadro que estou pintando!

Deus já não se sentia mais solitário. Lá de Sua casa, contemplava aquela maravilha que estava criando e ficava orgulhoso. Era um orgulho de pai que sabe que está fazendo o melhor para Seus filhos.

Naquele quinto dia, Deus lançou um olhar à Sua obra e viu que, realmente, tudo estava muito bom. Talvez ainda não estivesse completo, mas estava muito bom.

E com vontade de melhorar ainda mais a obra de Sua criação, Deus percebeu que tinha esquecido de colocar animais sobre a terra. Ele já havia criado os seres marinhos e os alados, mas não tinha colocado sobre a terra animais. Então, foi logo dizendo:

— Produza a terra seres vivos: animais domésticos, répteis, animais selvagens, diversas espécies. Que todos possam se reproduzir e usufruir do mundo que criei. Que se espalhem por toda a terra, encontrem seu cantinho preferido e possam viver a seu modo.

Deus falou isso com muita emoção. Estava realmente muito comovido com a obra saída de Sua mão. Poderia até ter feito um grande discurso. Poderia ter falado sobre a importância de preservar esse jardim que havia criado para todos. No entanto, alguma coisa ainda O inquietava. O que poderia ser?

Repassou tudo o que já havia realizado: contou todas as suas façanhas, reviu todo o material usado, olhou diversas vezes para seu quadro... Nada lhe parecia faltar. Alguma coisa, porém, O incomodava. De repente...

— É isso! Todos os seres vivos que criei são perfeitos. Não lhes falta nada: têm água para beber, alimento para saciar a fome, companheiros e companheiras para partilhar seus dias, suas vidas. Têm tudo do que precisarão, só o que Me falta é um jardineiro. Afinal, quem irá tomar conta desse Meu jardim?

Quando Eu quiser descansar, quem irá coordenar tudo por aqui? Tenho que criar um jardineiro. Tem que ser alguém superior... Não, superior não. Nesse mundo não pode haver um ser superior a outro. Ou todos serão iguais ou haverá discórdia. Todos serão livres e saberão usar a liberdade. Criarei um ser diferente de todos os outros seres, que possa tomar conta de tudo em Meu lugar.

Com esse olhar, Deus decidiu criar o homem. A Ele deu o poder de reinar sobre toda a obra de Sua criação. Deus o colocou dentro de Seu jardim, deu-lhe ordem para cuidar das coisas e para não querer tudo para si. Deus criou o homem a partir do barro. Assim lhe mostraria que era feito da mesma matéria com que todas as coisas foram criadas. Deus fez o homem com muito carinho, com muita afeição. Depois jogou sobre Sua última criação Seu sopro de vida, Seu espírito. O fez a Sua imagem e semelhança.

Assim fez também a mulher. Fez os dois juntinhos, para que um não quisesse ser melhor que o outro. Depois lhes mostrou todo o jardim e ordenou-lhes que tomassem conta e não deixassem acabar nenhuma das espécies que ali estavam.

Assim foi no sexto dia.

Deus contemplou, finalmente, toda Sua obra e ficou orgulhoso. Nada estava faltando e para todo ser criado, havia um par que o completasse e pudesse ser uma boa companhia.

Feito isso e tendo avaliado Sua criação, depois de entregá-la ao homem e à mulher, depois de fazer Seu glorioso discurso para todos os seres vivos, Deus quis o sétimo dia para Si.

E descansou.

2

O SÁBIO, O HOMEM RICO E O ESPELHO

Gosto muito dessa história que vou contar, é uma história que veio de muito longe, não sei exatamente de onde. Ela fez parte das minhas muitas leituras de livros antigos, na época em que eu não saía da biblioteca. Marcou-me muito por trazer à tona uma verdade que, às vezes, esquecemos, mas que eu faço questão de retomar sempre, para não perder o que há de mais precioso na vida: nossas amizades.

É uma história que veio do Oriente, um lugar de espaços mágicos e narrativas fantásticas que ajudam a compreender nossa própria história.

Um lugar onde a tradição é preservada como tesouro e as pessoas fazem questão de preservá-la com respeito.

Foi assim:

Havia um homem muito rico numa determinada cidade do Oriente. Ele tinha muitos bens, palácios, terras, empregados, comia muito bem e se regalava em bebidas caras. Tinha muitos empregados e todos o serviam de maneira muito educada para não abalar seu humor. Todos os dias, ele fazia suas refeições numa imensa mesa cheia de alimentos, mas vazia de companhia. O homem achava melhor que ninguém entrasse em sua intimidade.

Por ser rico, era influente tanto na política quanto na economia local. Todos os grandes homens da cidade vinham até ele para trazer presentes, consultá-lo quanto a decisões de negócios, oferecer-lhe a mão da filha em casamento e outras coisas mais. A todos ele recebia com educação e acolhida, pois, apesar de ser um homem muito poderoso e não gostar muito de estar acompanhado, era uma boa pessoa; sua generosidade era comentada.

Tinha hábitos religiosos bastante regulares. Todos os dias, acordava cedo e ia à sua sala especial rezar para que fosse protegido de todos os males, da inveja dos outros, da ganância, da tristeza e da morte. Assim fazia por acreditar que seu dia seria mais proveitoso.

Esse homem rico, cheio de tesouros, muito bondoso e religioso não era, no entanto, feliz. Alguma coisa havia que o incomodava e ele queria descobrir o que era. Já havia andado por várias partes do mundo procurando uma explicação para sua infelicidade, mas nada conseguira. Conversara com pessoas consideradas sábias, mas nenhuma havia lhe dito qual era seu problema — o que o deixava ainda mais inquieto, fazendo-o acreditar ser uma doença desconhecida da qual jamais seria curado.

E assim passavam-se os dias sem que o homem soubesse o que fazer.

Um dia, enquanto tomava seu café da manhã, ouviu dizer que estaria na cidade, dentro de uns três dias, um homem velho a quem todos diziam ser sábio. E não um sábio comum. Aquele era o mais sábio dos sábios, o qual, para todos os males, tinha uma cura, viessem esses de dentro ou de fora das pessoas. Todos os que haviam conversado com ele se sentiam maravilhados e curados sem que o velho sequer os tivesse tocado. Uma nova esperança surgiu no coração do homem rico. Havia de ser essa a pessoa que lhe daria uma solução à sua infelicidade!

Chamou todos os seus camareiros e os ordenou que fizessem uma roupa nova, bem elegante, pois queria se encontrar bem-apresentado com o sábio. Chamou seu cozinheiro e ordenou-lhe que preparasse um banquete com as melhores iguarias. Chamou suas arrumadeiras e lhes ordenou que preparassem os melhores aposentos para acolher o sábio.

Convocou seus jardineiros para que fizessem uma limpeza geral em seu jardim, porque fazia questão que o sábio por lá passeasse.

Tudo foi feito segundo as ordens do patrão. Nenhum detalhe foi esquecido e tudo estava preparado para a chegada do tal sábio dos sábios. Apenas um detalhe: será que ele aceitaria sentar-se à mesa do rico? Aceitaria deitar-se em aposentos de cetim? Aceitaria andar num jardim todo enfeitado com coisas riquíssimas trazidas de diferentes regiões da Ásia? O coração do homem rico bateu forte ao pensar que tudo aquilo poderia ser desperdício de tempo e dinheiro. Mas não desistiu.

Quando chegou o dia em que o sábio entraria na cidade, o rico homem foi recebê-lo juntamente às autoridades. Enquanto esperavam sua chegada, ninguém se deu conta da entrada de um pobre homem, quase mendigo, que por eles passou e foi conversar com as pessoas mais humildes.

O tempo passou e todos acharam que o sábio não viria mais para a cidade. Houve uma frustração geral, que só foi amenizada quando alguém veio trazer a notícia de que havia um homem no centro da cidade conversando e encantando as pessoas com quem falava.

Todos foram tomados de sobressalto e correram para a praça central na certeza de ser o tal homem. E foi isso mesmo que aconteceu. O homem passara sem que ninguém o tivesse notado.

Quando chegaram à praça, viram uma pequena multidão rodeando um homem pequeno, de cabelos brancos denunciando a idade, que falava com entusiasmo e eloquência, mas com a simplicidade de uma criança.

O homem rico aproximou-se ainda mais para tentar ouvir o que estava sendo dito para a multidão extasiada, mas quase nada conseguiu escutar. Foi abrindo caminho sorrateiramente e postou-se quase frente a frente com o sábio, que, nessa ocasião, já estava se despedindo da plateia e vindo em sua direção. Ao chegar pertinho do homem rico, lançou-lhe um olhar, chamou-o de lado e comentou:

— Hoje eu vou passar em sua casa. Preciso descansar um pouco. Pode ser?

— É claro, mestre. A hora que o senhor quiser, mandarei minha melhor carruagem buscá-lo.

— Não preciso de carruagem, meu jovem. Quero apenas sua companhia.

— Assim será feito, mestre.

Dito isso, o sábio continuou sua caminhada ao lado do homem rico, que procurava ser o mais atencioso possível. Tão logo se aproximaram da grande mansão em que morava o homem rico, o sábio viu o lindo jardim que cercava toda a residência. Andou lentamente, sem demonstrar nenhuma pressa. Vez ou outra parava diante de uma árvore e a admirava como se conversasse com ela.

O homem rico observava de longe, imaginando onde estava a sabedoria daquele homem que parecia não se importar com coisa alguma e que mantinha sempre o seu jeito de olhar para as coisas sem julgá-las. Sentia-se estranhamente admirado por aquele homenzinho frágil e tão diferente de si.

Depois que o sábio admirou o jardim, o rico o conduziu até sua casa e levou-o até os aposentos minuciosamente preparados para recebê-lo: havia uma cama toda folhada a ouro e coberta com os mais lindos tecidos orientais. Os candelabros que iluminavam o cômodo eram todos brilhantes e cheios de ornamentos preciosos.

— Este é seu humilde quarto, mestre — disse o homem rico.

— Obrigado, meu amigo. Sua hospitalidade muito me lisonjeia, mas não precisava preparar algo assim tão rico e luxuoso para uma pessoa como eu.

— Por que o mestre diz uma coisa dessas? Minha casa é sua casa e tudo o que uso para mim deve ser usado pelo mais sábio dos homens.

— Agradeço-lhe novamente e peço permissão para ficar um tempo sozinho, pois se aproxima a hora de minhas orações.

— É claro, meu mestre. Logo mais um servo virá buscá-lo para conduzi-lo à sala das refeições.

Quando o rico se retirou, o sábio homem tirou de seu alforje um pequeno manto e o estendeu no chão. Sobre ele ajoelhou e fez orações às suas divindades.

Terminada sua reverência, o sábio dirigiu-se para a sala de refeições por conta própria enquanto observava os detalhes da residência daquele seu benfeitor. Viu quadros muito antigos nas paredes, viu tapetes maravilhosos espalhados pelo chão, viu armas e armaduras expostas, viu lindos candelabros iluminando os diversos cômodos da casa. A tudo olhava com admiração e respeito. Depois de algum tempo, chegou até a sala onde

estava o homem rico, que, solícito, logo lhe ofereceu um lugar onde pudesse sentar. O sábio assim o fez, com mansidão e simpatia.

— Sinta-se à vontade, mestre. Que nada lhe falte em minha casa!

— O que poderia faltar a um homem como eu? — provocou o sábio, deixando o homem rico sem resposta.

— ...?

— Tudo me falta, meu filho, e nada me faz falta.

— Como assim? Como isso é possível?

— Muito simples. Quanto mais se tem, mais se quer ter. Então é preciso ter mais coisas para manter as coisas que já se tem. O contrário acontece comigo, pois eu nada tenho. Se nada tenho, tudo me falta, e, quanto mais me esforço por nada ter, nada disso pode me fazer falta.

— Estranha sua lógica, mestre. Sempre acho que é preciso ter muita coisa para poder fazer o bem para as outras pessoas. Só assim é possível proporcionar alegria a elas.

— Isso é um engano, meu jovem. A alegria não vem de fora. Ela já está dentro das pessoas. O máximo que se pode fazer é trazê-la para fora, e não são as coisas materiais que mantêm a alegria. O que a mantém é o sentimento que mora dentro de nós e que dialoga com a alegria que mora dentro dos outros. O pão e as coisas do mundo alimentam o corpo, não a alegria.

— Deve ser por isso que dizem ser o mestre o mais sábio dos sábios — suspirou o homem rico.

— A sabedoria tem o seu peso, meu caro — respondeu o sábio, encerrando a conversa.

Quando o dia seguinte se anunciou com o cantar do galo, o homem rico mandou que um serviçal fosse até o quarto despertar o sábio, que, ele achava, dormia como uma pluma. Qual não foi a surpresa do mensageiro quando viu que o sábio não apenas estava acordado como não havia sequer deitado na cama ricamente preparada para ele. Não comentou nada. Apenas o conduziu até o local do café da manhã, cuja mesa, repleta de muitas iguarias, era de um tamanho descomunal, deixando o homem rico um pouco sem jeito.

O sábio assentou-se no local que lhe foi indicado e, recitando uma oração na língua dos espíritos ancestrais, serviu-se de uma frugal refeição. Comeu demoradamente cada pedaço de fruta, de pão e de bolo. Não comeu mais do que queria ou podia, atitude que deixou o homem rico ainda mais atordoado com as atitudes.

— Por que o mestre come tão pouco? — indagou o homem rico.

— Eu não como pouco, meu amigo. Eu como o suficiente para alimentar meu corpo. Eu aprendi a controlar meu apetite quando escolhi levar a vida que levo. Descobri que não posso carregar mais do que meu próprio peso comigo.

— Mas o alimento ajuda o corpo...

— Quem come muito precisa de muito, quem come pouco precisa de pouco, e quanto menos eu preciso mais livre me sinto.

— Mestre, eu queria fazer um pergunta muito pessoal ao senhor.

— ...

— Eu não sou feliz. Tenho tudo o que alguém pode querer na vida e, mesmo assim, não sou feliz. Sou um homem muito religioso e ainda não sou feliz. Tenho ajudado as pessoas, doado dinheiro, mas não sou feliz. Isso me incomoda muito, pois parece que não terei tranquilidade nunca em minha vida. Diga-me, mestre, o que falta para minha felicidade?

O sábio ficou muito comovido com a pergunta que o homem rico fez. Olhou-o com carinho e suspirou com emoção.

— Não sei se posso te ajudar, meu caro amigo. A felicidade é como a alegria: tem que vir de dentro. Tenho certeza de que tudo o que você faz tem uma intenção muito boa e isso tem tido reconhecimento das pessoas, mas isso não é o mais importante. Venha comigo!

Os dois se levantaram da mesa e se puseram a andar pelo luxuoso palácio do homem rico. Andaram por todos os cômodos em silêncio, sem trocar nenhuma palavra entre si. Os serviçais viam os dois homens andando a esmo e ficavam admirados e atônitos. Os dois não se importavam muito com isso. De repente, o sábio parou diante de uma janela cuja vista dava para uma das principais ruas da cidade. Era uma janela fechada por vidros e através dela era possível enxergar tudo ao redor.

O sábio chamou o amigo até aquela janela.

— Diga-me o que você está vendo através dessa janela.

Mesmo estranhando aquele método, o homem rico não duvidou da pergunta do sábio e foi descrevendo o que via.

— Vejo as ruas, o mercado, as pessoas andando, as crianças que brincam, o vendedor que grita anunciando seus produtos, a mulher que oferece seus serviços, o homem bêbado com uma garrafa na mão, a mulher grávida passeando descontraídamente com o marido e vejo as montanhas e o sol já despontando no horizonte.

— Muito bem observado. Agora venha até aqui e diga-me o que você está vendo.

O moço rico ficou confuso quando se viu diante de um espelho. Tentou entender a razão daquele gesto. Tudo o que conseguia era que o espelho repetisse todos os seus gestos. Ele coçou a cabeça, limpou os olhos, mexeu o nariz, arrumou o cabelo, e tudo era repetido do mesmo jeito com grande agilidade pela figura no espelho. Desanimado, capitulou e voltou-se ao mestre.

— O que isso tem a ver com a pergunta que eu fiz ao mestre?

— O que você viu diante do espelho?

— Eu vi a mim mesmo.

— Isso tem a ver com sua felicidade. Você olhou a janela de vidro e viu o mundo; você olhou no espelho e viu a si mesmo. Enquanto houver prata entre você e o mundo, só conseguirá ver a si mesmo.

— Não entendo, mestre.

— É simples, meu jovem amigo. Enquanto você estiver rodeado de coisas luxuosas, de gente servindo-lhe, de fartura desnecessária, de pessoas invejosas, toda sua bondade será como um espelho em que você só enxergará seu próprio orgulho e não sentirá a alegria enchendo seu coração, haverá muitas barreiras. Quando você tirar a prata do espelho, o vidro permitirá que você enxergue, de verdade, o mundo e toda sua alegria será completa.

Dito isso, o sábio homem retirou-se e continuou seu caminho pelo mundo, deixando o homem tirar suas próprias conclusões.

3

Duas Pequenas Histórias de Internet

De vez em quando, recebo mensagens pela internet. Quase sempre as leio com cuidado, pois acredito que podem ser uma forma de comunicação com espíritos ancestrais. Muita gente manda mensagem e nunca imagina o que ela pode representar na vida das pessoas que as recebem. Fico pensando que as mensagens são como os livros que se escrevem por aí, o autor também não sabe quem vai ler as histórias e quais as influências que podem ter na vida das pessoas.

Algumas dessas mensagens realmente me chamaram a atenção. Duas em especial, no entanto, me trouxeram muita alegria e eu gostaria de colocá-las aqui para que vocês possam ler e refletir sobre elas.

UM DIA COMO OUTRO QUALQUER

Essa história segue o tipo de sabedoria acima, conta que um turista sul-americano foi até o Egito para um passeio pelas grandes pirâmides, que sempre o encantaram. Andou, andou, observou, fotografou (mania que as pessoas tem de congelar a realidade, talvez porque tenham medo de guardá-la na memória), visitou os túmulos dos faraós, andou pelo deserto no lombo de camelos, seguiu uma caravana de beduínos, conheceu um oásis. Enfim, fez tudo o que queria e viu a sabedoria daquele povo ancestral.

Quando já estava se preparando para voltar à sua terra natal, soube que havia um homem muito sábio numa cidade próxima de onde ele estava. Como conversar sobre sabedoria era o grande sonho de sua vida, organizou-se para conhecer aquele homem. Arrumou sua mochila de viajante, pronto para embarcar logo após o encontro.

No dia seguinte, partiu antes do sol nascer. Com um veículo motorizado, seguiu sua viagem.

A cidade onde morava o sábio era pequena e com poucas atrações turísticas, o que facilitou para que o turista sentisse um burburinho no ar. Quis saber o que era, mas as pessoas diziam que era sempre assim e que nada havia de diferente naquele dia.

Dirigiu-se, então, para o endereço em que morava o sábio. Ficou impressionado com o tanto de gente ao redor da casa. Perguntou o motivo e alguém disse que era assim o tempo todo e que nada havia de diferente naquele dia. Isso fez o jovem pensar que se tratava de algum tipo de senha local.

Quando foi chegando sua vez de entrar na casa, um homem bem miúdo veio buscá-lo na porta. Tomou-o pelas mãos e o conduziu para o interior, que parecia mais uma caverna. Ao entrar, o moço tirou as sandálias e, enquanto se descalçava, observou que o local era, na verdade, apenas um quarto com algumas estantes abarrotadas de livros, com uma colcha estendida no chão, que o rapaz achou tratar-se da cama onde dormia o sábio.

Quando terminou de tirar as sandálias, aquele homem miudinho pediu que o jovem se assentasse ali mesmo, no chão. Ele obedeceu e ficou atento, esperando que o sábio aparecesse para conversar consigo. A surpresa, no entanto, foi grande quando o jovem descobriu que aquele homem miúdo era, na verdade, o próprio sábio. Recuperado da surpresa, o jovem tomou coragem e fez a pergunta que desencadeou a grande mudança em sua vida:

— Mestre, eu entrei aqui e fui tomado por uma grande surpresa. Lá fora há um grande contingente de pessoas querendo falar com o senhor. Muitas delas são aparentemente ricas e podem pagar muito dinheiro para ouvir seus conselhos.

— ...?

— Quando tive este privilégio de entrar em sua casa, achei que iria encontrar muitas coisas aqui dentro, mas o que vejo são apenas trastes,

coisas simplórias que eu não imaginei que estivessem na casa de um homem dito tão sábio.

— ...?

— Mestre, onde estão suas coisas, seus bens, seus pertences?

Nesse momento, o homem miúdo aproximou-se ainda mais do jovem e devolveu-lhe a pergunta. O turista, por sua vez, respondeu:

— Os meus? Como assim? Eu estou aqui apenas de passagem...

No que o sábio concluiu, pedindo que o moço refletisse ao voltar para casa:

— Eu também estou só de passagem.

UM SABER QUE VEM DA FLORESTA

Sabedoria é uma coisa que se consegue com o tempo. Não está ligada ao tanto de dinheiro que alguém tem nem mesmo ao seu conhecimento escolar. Aquilo que aprendemos na escola faz parte de uma parte do conhecimento que os seres humanos foram acumulando ao longo do tempo. E um homem que tem muito conhecimento não é necessariamente sábio. Sabedoria é um aprendizado que se consegue com tempo e com experiência. Ser sábio é ter convicção de que o mundo que a gente enxerga nem sempre é o melhor dos mundos e que há coisas que a gente só enxerga quando está de olhos bem fechados.

Essa outra história que vou contar vem da sabedoria indígena. É bem curtinha, mas nos ensina muita coisa sobre nosso mundo interior.

Um sábio pajé estava conversando com as pessoas ao redor de uma fogueira armada no centro de sua aldeia. Ele estava sentado de cócoras, em uma das mãos trazia um cigarro de palha já apagado pela ação do vento e na outra trazia um graveto com o qual desenhava certos rabiscos no chão amolecido pela chuva do dia anterior.

As outras pessoas — entre elas crianças e jovens — estavam ali esperando pacientemente as mandiocas e milhos que puseram para assar na fogueira. Algumas mães estavam sentadas, trazendo os filhos ao colo, dando de mamar, catando piolhos ou simplesmente acariciando a cabecinha deles.

Num dado momento, o pajé acendeu seu cigarro numa brasa que retirou da fogueira, levantou a cabeça fitando a todos presentes e falou, descrevendo seus conflitos internos: *"dentro de mim existem dois cachorros, um deles é cruel e mau, o outro é muito bom. Os dois estão sempre brigando"*.

Um dos jovens que prestara bastante atenção perguntou-lhe qual dos dois cachorros venceria a briga.

O sábio pajé fitou orgulhosamente o rapaz, refletiu silenciosamente e respondeu: *"aquele que eu alimentar vencerá a briga"*.

4

A GRANDE ONÇA BRANCA

Esta história eu li num belo livro escrito por um dos homens mais importantes da história do Brasil. Ele foi importante pelo que fez pelos povos indígenas, doando sua vida e seu respeito na salvaguarda do saber dos nossos povos tradicionais. Isso é o bastante para ser considerado um grande homem.

Eu o conheci pessoalmente e ouvi de sua boca também esta história, contada com muito respeito e admiração. É claro que não era a única história que ele contava, mas esta, em especial, despertou-lhe sentimentos, pois prova que os povos indígenas são detentores de uma sabedoria ancestral que leva em consideração todas as formas de vida presentes em nosso planeta.

Orlando Villas Boas viveu por mais de 40 anos entre os povos indígenas. Foi responsável pela criação do conhecido Parque Nacional do Xingu, lugar de extrema beleza e que abriga 17 povos diferentes que vivem em harmonia entre si e com a natureza. Orlando narrou um fato que ele próprio vivenciou no Xingu.

Diz ele que, há muitos anos, quando ainda muitos povos não haviam feito contato com a sociedade urbana, participou de uma expedição pela região central do Brasil. Havia guias indígenas exímios conhecedores da floresta e do cerrado. Tudo estava em perfeita ordem quando um desses guias sentiu-se mal e não conseguiu continuar a viagem. Isso fez com que a comitiva tivesse que procurar um lugar onde pudesse acampar para passar a noite e, assim, poder tratar do jovem indígena.

Um dos guias presentes era conhecido por ter uma certa vidência e não gostou muito de ter de passar a noite naquele local, que parecia não querer hóspedes. Diante, porém, da necessidade de cuidar do seu amigo prostrado por essa estranha dor, o jovem acabou cedendo e consentiu ficar ali. Não ficou, no entanto, tranquilo. Ficou assustado e alerta.

Um outro guia, este um pajé de verdade, também pressentiu que alguma coisa estranha estava acontecendo e tratou de se acomodar de forma bem segura.

Orlando — acostumado com as coisas do mato — viu que os dois guias estavam atemorizados com algo e quis saber o que estava acontecendo, mas nenhum dos dois se prontificou a falar. Sabedor de que o povo indígena é muito místico, Orlando ficou de orelha em pé para tentar perceber o que seria, mas nada notou de estranho no lugar.

Com o passar do tempo, o guia adoecido ficava ainda mais manhoso, choramingando o tempo todo e assustando o restante da expedição. Orlando resolveu conversar com o pajé mais velho.

— Há muitos espíritos rondando esta parte da floresta. É preciso tomar cuidado — disse o velho sábio.

— Do que devemos ter medo?

— Das coisas que não vemos. Nosso parente que ficou doente foi vítima de um feitiço da floresta. Talvez a mata não esteja querendo a gente por aqui.

— Isso é bobagem, vamos continuar. Ninguém poderá se aproximar do acampamento sem antes passar por mim — disse isso sacudindo a espingarda cartucheira que trazia em mãos.

— Não é bobagem, não, seu Orlando. É tudo verdade. A gente está sendo observado por muitos enviados da floresta e contra os quais nada podemos fazer.

Orlando ficou receoso ao ouvir as palavras seguras do sábio. Arregalou ainda mais os olhos, bradando que ficaria ali de vigia até que o dia amanhecesse.

E assim fez.

Quando o dia já estava se aproximando, naquela horinha em que os pássaros começam a despertar de seus sonhos, em que as árvores e as flores se apresentam para o dia sedutor que se inicia, em que os homens e mulheres começam a se levantar para os afazeres da casa e dos roçados, o corajoso homem ouviu um ruído que vinha de um rio próximo ao acampamento. Pegou imediatamente a espingarda e, com passos lentos, seguiu em direção ao som. Caminhou quase de cócoras para não ser notado. Silêncio absoluto se fazia notar. Os pássaros tinham parado de cantar e o vento parecia ter ouvido uma ordem para que parasse seu percurso. Orlando suava em bicas ainda que por aquela hora da manhã não fizesse tanto calor.

De repente aconteceu o inusitado. Um gigantesco pássaro voou sobre a cabeça do aventureiro com tamanha agilidade que a espingarda disparou sem a permissão do usuário. Com o estrondo da arma de fogo, todo o acampamento se espantou e as pessoas correram para ver o que tinha acontecido. Ao verem que Orlando estava ofegante, cercaram-no de cuidados e de questões para tentar compreender o que havia acontecido. Mas o que sabia o pobre homem? O que ele podia contar para seus companheiros de mata? Nada. Ele apenas relatou o que ouviu, mas nada pôde dizer sobre o que havia tentado ver.

Os pajés presentes logo alertaram o grupo para a necessidade de saírem dali, pois sabiam que coisa boa não iria acontecer. O que fazer, no entanto, se o pobre guia continuava doente? Arriscar sair dali, de um lugar protegido, e enfrentar o desconhecido? E se algum povo isolado os avistasse e quisesse atacá-los? Como poderiam se defender levando consigo alguém fragilizado?

Pensando em todas essas conjunturas, Orlando e os outros expedicionários decidiram permanecer, mesmo contrariando a opinião dos pajés e dos outros guias que os aconselhavam a sair dali.

Na verdade — e na minha opinião — Orlando queria mesmo era enfrentar o desconhecido que o havia assustado. Sabia que a precaução dos guias indígenas se justificava, que a crença era verdadeira, que não se deve nunca ignorar a fé das pessoas, mesmo que não seja igual a nossa.

O fato é que passaram o dia todo ocupados com a organização do acampamento e a busca por comida. Uns foram para o mato caçar, outros pegaram os anzóis e foram para a beira do rio pescar e outros ficaram no acampamento cuidando do guia doente e da limpeza do local.

Quando a noite estava chegando, Orlando viu que um dos guias estava na beira do rio e com seu olhar perdido. Parecia encantado. Ele se aproximou do rapaz e falou sobre o susto que levara na noite anterior.

— Nós sabemos o que aconteceu, Orlando. A nossa vida na floresta é fantástica. Sabemos que coisas como essas podem acontecer.

— E como você explica isso, meu jovem?

— Não tem muito como explicar. Tem coisas que só entendemos quando dormimos, quando fechamos os olhos, quando fazemos silêncio dentro da gente. Nós sabemos o que aconteceu.

— Você já me disse isso. Por que está repetindo?

— Porque parece que você não ouviu. Eu disse: nós *sabemos* o que aconteceu. Eu não disse: nós *entendemos* o que aconteceu. Sabemos dentro da gente porque nossos avós já nos contaram. Sabemos porque acreditamos nas palavras dos nossos velhos, dos nossos antepassados. Nós não precisamos ver para saber das coisas.

— Você acha errado eu querer entender?

— ...

— Você acha errado eu querer me encontrar com esse algo misterioso?

— Você está querendo saber com os olhos que temos no rosto. E essas coisas não são para serem entendidas com estes olhos. Se você aprender a fechar os olhos, vai ver coisas muito mais fantásticas que essas que você quer ver agora.

Orlando encerrou a conversa. Ficou pensativo por muito tempo. Ficou ali, imitando o jovem guia que olhava indiferente para as águas que corriam rumo ao desconhecido.

Quando a noite foi caindo sobre o acampamento, os guias indígenas se juntaram para entoar um cântico. Em círculo, dançaram à luz de um fogo brando. Dançando sem pressa, clamavam pela proteção dos espíritos ancestrais, pediam que viessem ao seu auxílio, pois o que mais queriam era viver com tranquilidade e felicidade.

Os expedicionários assistiam àquele ritual sem dizer nada, sem julgar nem participar. Apenas olhavam com certa admiração e também com apreensão, pois bem sabiam que com as crenças indígenas não se podia simplesmente brincar.

Orlando também olhava o ritual, contemplando as faíscas que saiam do fogo formando estrelas a iluminar a noite, mas seus pensamentos estavam perdidos. Continuava um pouco incomodado com o ocorrido na noite passada. E insistiu na ideia de ficar acordado. Outros homens se prontificaram a tocaiar a fera, mas ele não aceitou e disse que aquele era seu destino e que nada poderia significar tanto para ele. Os outros obedeceram e se retiraram para as cabanas tão logo terminado o ritual. Um dos jovens passou perto de Orlando e cochichou em seu ouvido:

— Será hoje seu encontro com o Grande Espírito.

Todos foram dormir deixando-o sozinho com sua velha mas eficiente espingarda.

A noite sempre passa muito lentamente para quem fica acordado. Dá a impressão de que não vai acabar nunca. Se é assim na cidade, repleta de luzes e barulhos intermináveis por todos os lados, imagine num lugar como a Amazônia, habitado por seres fantásticos, animais ferozes, pássaros e répteis. Ali, a noite não passa nunca.

Ao mesmo tempo em que a escuridão inspira muitos medos, ela também é fonte de muitas coisas boas. As noites nos permitem dormir e sonhar. E sonhar é uma coisa muito importante para meu povo, que acredita que nos sonhos a gente pode ter contato com o mundo de nossos antepassados; acredita que é possível falar com eles; acredita que há um mundo onde os sonhos são reais. Por isso, meu povo dorme: dorme para sonhar e encontrar um novo sentido para o dia seguinte.

Lembro que na minha época de criança a gente se reunia na beira da fogueira para conversar e ouvir histórias de nossos avós. Era uma época em que a palavra dos velhos era muito ouvida e que não havia distrações nem objetos que pudessem nos tirar de momentos tão especiais em família.

Lembro que quase sempre eu adormecia no colo de minha mãe. E eu dormia pensando em encontrar-me com o Criador... E os avós sempre diziam que é sempre importante dormir para nos mantermos acordados.

Talvez naquele momento, Orlando não entendesse essa verdade que acompanha nossos povos. Talvez ele não tivesse plena consciência da verdade que muitas vezes está escondida nas pedras e nas cavidades das rochas. Ele pensava que precisava estar acordado para ver melhor.

E foi aí que ele se enganou, pois acabou pegando no sono encostado num tronco de árvore. Adormecido, sonhou. Sonhou que estava em uma aldeia. Era noite. No centro, havia uma grande fogueira e perto dela estava sentado um velho que balançava seu maracá e entoava um cântico, numa língua que Orlando não compreendia. Foi se aproximando com certo cuidado. O velho parecia não tê-lo percebido até então. Intensificou o ritmo do maracá e de repente estancou. Ergueu a cabeça e simplesmente disse:

— *O que você verá sou eu. Não tente matar, não tente correr, não tente chorar ou mesmo enfraquecer. Apenas admire e saiba que há coisas que não são para serem entendidas.*

Dito isso, Orlando acordou num sobressalto no momento em que via que algo se movia numa moita próxima a si. Ergueu-se do chão e empunhou sua espingarda e seguiu seu instinto de caçador. Adentrou o mato e não olhou para trás. Estava decidido a encontrar aquele animal ou qualquer coisa que fosse. Andou sorrateiramente. O barulho ficava cada vez mais próximo de si. Ouviu um rosnar perto de sua orelha. Não se moveu, pois reza a sabedoria que um animal nunca ataca uma presa quando ela está parada. Assim ele ficou. Quando sentiu que a presa já estava distante, ergueu-se num sobressalto e mirou no alvo. Qual não foi seu susto quando avistou, bem à sua frente, uma enorme onça branca que contrastava com a escuridão da noite? Ela ergueu-se bem próxima dele, que se quedou paralisado ante aquela visão. A onça disse a ele:

— *Sou eu. Você terá minha proteção agora e sempre.*

Dito isso, o gigante virou as costas para o expedicionário e foi embora, deixando-o ali meio perdido com seus pensamentos.

Quando o dia amanheceu, os primeiros a se levantarem foram os guias indígenas, entre os quais estava o que havia sido acometido pela doença. Orlando estava sentado próximo do local do fogo. Tinha o olhar perdido no tempo. Disse apenas:

— *Ela esteve aqui. Eu a vi.*

O guia recuperado da doença ouvindo o que ele dissera, aproximou-se e comentou:

— *Eu sei. Também a vi e por ela fui curado.*

Orlando olhou para ele e o abraçou com ternura. Era como se tivesse se encontrado consigo mesmo.

5

DUAS HISTÓRIAS DE VERDADE

O BATIZADO DE CUNHAMBEBE

Esta história não sei se li ou se ouvi da boca de alguém. Acho uma narrativa bonita. Ela mostra como os povos indígenas vão procurando compreender a forma de vida no Ocidente com toda sua tecnologia. É claro que não se trata de uma história nova, moderna, acontecida alguns dias atrás. Pelo contrário. Fala de algo acontecido no século XVI, quando os jesuítas estavam no Brasil com o objetivo de converter os indígenas, quando pensavam que os nativos, os primeiros habitantes do Brasil, não tinham alma e precisavam ser catequizados para conhecerem o Deus salvador dos cristãos. Acreditavam que o batismo era uma forma de trazer os indígenas para dentro do rebanho de Cristo.

Pois bem, a história conta que um dia os padres convenceram o grande Cunhambebe, um líder muito famoso e importante, a se batizar, a aceitar a fé cristã.

A alegria dos missionários era tanta que decidiram fazer uma grande festa. Afinal, pensavam eles, se conseguiram converter o chefe daquela gente, seria fácil converter o povo. Por que não fazer uma grande festa de acolhida para aquele novo cristão? E assim aconteceu: prepararam o neófito para receber o primeiro dos sacramentos, aquele que iguala todo mundo, que torna os crentes filhos de Deus, o batizado. Assim é a crença católica até hoje.

No dia do batismo, organizaram uma bela celebração. A igreja estava toda enfeitada. Havia até um coral de curumins que cantava em latim! Chegada a hora do batismo, o grande chefe Cunhambebe foi levado até a pira batismal — uma grande pia onde se recebe o sacramento —, ali teve seu nome trocado, ele já não seria mais chamado por um nome pagão, por um nome indígena. O sacerdote bradou em alto e bom som:

— Daqui pra frente, seu nome já não será mais Cunhambebe. De hoje em diante, graças à intervenção divina, você será conhecido como João.

Todo mundo aplaudiu e houve um grande banquete para consolidar a cerimônia.

Passados alguns meses, a Igreja comemorava a Quaresma, aquele momento litúrgico em que as pessoas são conclamadas a pensar na morte de Cristo na cruz. Hoje já é um pouco diferente, mas, especialmente no século XVI, ninguém comia carne de animal nesse período. Somente peixe era permitido. E como evitar que os indígenas comessem carne naquele período se para eles o alimento tinha uma importância tão grande?

Um dia, Cunhambebe — ou melhor, João — estava com uma fome danada. Queria um pedaço de carne de macaco assada. E foi caçar o animal com muito cuidado. Acontece que quando ele estava preparando sua caça para fazer dela um belo guisado, um missionário chegou e o repreendeu:

— O que é isso, João? Você não sabe que não pode comer carne durante a Quaresma? É proibido, a Igreja não permite.

Dizendo isso, o padre o obrigou a se confessar pelo pecado intencionado.

Cunhambebe, então, fez uma coisa que lhe parecia muito sensata no momento: pegou o macaco que ele havia caçado com todo cuidado e, tal qual um ritual, levou-o até o meio do rio. Jogando água sobre a cabeça do animal, decretou:

— Macaco, macaco, com o poder que tenho como cristão, digo que, a partir de hoje, você não será mais macaco. Será, sim, peixe, e como hoje estou com muita vontade de comer peixe, comerei você durante o meu almoço!

E, assim, o grande Cunhambebe resolveu sua vontade de comer carne de macaco assada.

O SÁBIO INDÍGENA E O MISSIONÁRIO CALVINISTA

Essa é uma história que eu releio sempre, pois a acho muito simpática. É uma história profunda e nos ensina muita coisa sobre os povos indígenas. E gosto de contá-la sempre que quero convencer as pessoas de que o saber indígena é grande e cheio de coisas positivas.

Trata-se de um diálogo entre um velho tupinambá do Rio de Janeiro e Jean de Léry, um missionário calvinista. Aconteceu no século XVI.

O missionário narra que uma vez, estando a observar o movimento dos europeus que carregavam a madeira do pau-brasil para dentro de suas embarcações, um velho aproximou-se e perguntou:

— Por que vocês, franceses e portugueses, vêm de tão longe buscar lenha para se aquecer? Por acaso na terra de vocês não tem madeira com a qual possam fazer fogo para os dias frios?

— É claro que temos, bom homem. Só que não é com esta qualidade. E não pense que a gente queima esta madeira. Não é para fazer fogo. Ela servirá para fazer tinta para tingir os tecidos.

— E vocês precisam de muita madeira?

— Ah, sim! Precisamos de muita, pois em nosso país existem negociantes que possuem panos, facas, tesouras, espelhos e outras mercadorias que vocês nem imaginam e um só deles compra todo o pau-brasil que vocês têm.

— Sei, sei. Agora me diga, você que se diz muito civilizado: esse homem rico, cheio de tantas coisas, cheio de tantas riquezas, cheio de tantas mercadorias, nunca morre?

— É claro que morre. Ele morre como todos os outros.

— E quando esse homem morre, para quem fica o que ele construiu, o que ele acumulou em sua vida?

— Ora, meu bom homem, fica para os filhos dele, quando os tem, ou para seus irmãos ou parentes bem próximos.

— Não sei se entendo direito o que vocês pensam sobre a vida. Vejo, no entanto, que vocês, Mair, são uns grandes loucos, atravessam o mar, viajam por dias, enfrentam dificuldades no mar, são acometidos de muitas doenças e alguns chegam até a morrer. E, no fim, trabalham tanto para amontoar riquezas para seus filhos e parentes. Para quê? A terra que os alimentou não será capaz de alimentá-los também? Temos pais, mães e filhos a quem amamos. E estamos certos de que, depois de nossa morte, a terra que nos sustentou os sustentará também, e por isso pode-se descansar sem maiores preocupações.

O AUTOR

Daniel Munduruku é índio da nação Munduruku. Nasceu índio e gosta de ser índio.

Formado em Filosofia pela UNISAL - Lorena, já trabalhou com crianças carentes, lecionou em escolas públicas e particulares, atuou no cinema e em comerciais para tevê. Também já escreveu premiados livros para crianças e jovens, entre eles: *Coisas de índio*, pela Callis Editora, e *O segredo da chuva*, pela Ática. A versão infantil do livro *Coisas de índio* recebeu o Prêmio Jabuti.

É diretor-presidente do Instituto Indígena Brasileiro para Propriedade Intelectual - INBRAPI, cujo objetivo é a defesa do patrimônio cultural e dos conhecimentos tradicionais dos povos indígenas brasileiros.

Sempre preocupado com a condição do povo brasileiro, Daniel realiza palestras e conferências por todo o Brasil e pelo exterior.

É doutor em Educação pela Universidade de São Paulo, sob a orientação da professora Roseli Fischmann.

Vive no Estado de São Paulo desde 1987. É casado com Tania Mara e tem três filhos: Gabriela, Lucas e Beatriz.

Página na internet: www.danielmunduruku.com.br

A ILUSTRADORA

Rosinha nasceu no Recife e mora em Olinda. É arquiteta, formada pela UFPE.

Ela trabalhou muito tempo em grandes escritórios de arquitetura da sua cidade natal até que se apaixonou pela literatura infantil e largou tudo. Fez um curso de cinco anos de desenho da figura humana com um artista plástico japonês, Shunichi Yamada, fora outros cursos de aquarela e pastel.

Dos livros que ilustrou, os mais recentes são: *A casa rosa*, de Silvana Pinheiro, pela DCL, e *O rei Artur*, adaptação de Laura Bacellar, pela Scipione.

Atualmente Rosinha trabalha também com a formação de leitores. Em Pernambuco, há dez povos indígenas e quarenta e nove comunidades quilombolas. Nas oficinas de leitura que organiza, sempre trabalha com a etnia indígena e a negra, pois acha fundamental conhecermos a cultura de nossos ancestrais.

Os livros que trazem o selo **Palavra de Índio** são ligados à temática indígena brasileira e mundial. Eles buscam formar e informar os leitores, auxiliando no desenvolvimento de uma consciência crítica e participativa, na tentativa de diminuir o preconceito e a exclusão social dos povos nativos.